Si tu veux être mon amie

FichesdeLecture.com

Si tu veux être mon amie
(Fiche de lecture)

I. PRÉSENTATION DE L'ŒUVRE

Le 24 décembre 1987, la journaliste Litsa Boudalika par visiter la « Terre Sainte ». En avril, elle fait la connaissance de Mervet, une jeune Palestinienne vivant dans le camp de réfugiés de Dheisheh, près de Jérusalem, puis de Galit, une Israélienne du même âge, qui vit à Jérusalem. Elle leur propose de correspondre.

Ce livre présente leur correspondance d'août 1988 à mars 1991. Les lettres sont toutes précédées d'une note historique informant les lecteurs des événements qui ont eu lieu dans le pays à la date exacte des lettres.

II. PRÉSENTATION DES PROTAGONISTES

Mervet

Jeune musulmane de 12 ans, elle vit dans le camp de réfugiés de Dheisheh, près de Jérusalem, avec ses parents et ses six frères et sœurs. Son père est ambulancier à Bethléem.

Mervet aime lire et planter des fleurs. Elle s'occupe fréquemment de ses petits frères, à qui elle aime chanter des chants arabes. Elle souhaite devenir médecin, afin de « soulager les gens malades sans distinction de race ou de religion ».

Mervet est très marquée par les événements de son pays, sans cependant éprouver de la haine pour les Israéliens non combattants. Elle est prête à tout pour libérer son peuple, et comprend les acteurs de l'Intifada. Elle a confiance en la paix.

Galit

Jeune juive également âgée de 12 ans, elle habite « un quartier populaire de Jérusalem », dans une maison arabe dont sa mère d'origine marocaine a hérité. Elle vit à 15 kilomètres de Mervet. C'est la troisième d'une fratrie de cinq enfants. Sa mère Levana, « travaille au bureau de presse du gouvernement » ; son père, un ancien sculpteur, gagne sa vie dans une usine de vêtements.

Galit mène une vie beaucoup plus moderne que son amie Mervet : elle aime aller à la piscine, dessiner, regarder les vitrines des magasins et la télévision. Elle raffole du rock américain.

Tout comme Mervet, Galit souffre de la situation politique qui déchire son pays. Cependant elle éprouve de la haine contre ces Arabes qui, selon elle, veulent lui voler son pays. Elle est favorable au processus de paix, mais redoute que les Israéliens soient lésés. En grandissant, sa haine ne fera que s'accroître et ses espérances mourront peu à peu.

III. SIGNIFICATION DE L'ŒUVRE

En proposant à ces deux jeunes filles de correspondre, Litsa Boudalika espérait prouver que ces deux peuples, animés d'une haine sempiternelle, n'étaient pas si différents l'un de l'autre et pouvaient s'apprécier, voire cohabiter. Et le lecteur y croit, jusqu'à ce que leur rencontre soit organisée. Elle ne se déroule pas exactement comme on aurait pu l'espérer : pas d'élan de l'une vers l'autre. L'ambiance est courtoise, mais Galit ne semble faire que des compromis : elle accepte le bracelet aux couleurs de la Palestine que lui a offert Mervet, mais « [prend] tout de suite le soin de le dissimuler sous la manche de sa veste. Elle-même offre à Mervet un dessin sur lequel flottent leurs deux drapeaux, mais « seul le drapeau palestinien reste inachevé. Galit en a tracé les formes, mais avoue en ignorer les couleurs » (p. 123). D'ailleurs, ce n'est pas un hasard si les deux protagonistes ne se reverront plus après ce 6 avril 1991, malgré l'invitation qu'avait lancée Mervet.

Finalement, leur histoire est peut-être le symbole de l'histoire de leur pays... Les préjugés sont tels que la paix ne pourra se faire sans de réels et de sérieux compromis.

Dans la même collection en numérique

Les Misérables
Le messager d'Athènes
Candide
L'Etranger
Rhinocéros
Antigone
Le père Goriot
La Peste
Balzac et la petite tailleuse chinoise
Le Roi Arthur
L'Avare
Pierre et Jean
L'Homme qui a séduit le soleil
Alcools
L'Affaire Caïus
La gloire de mon père
L'Ordinatueur
Le médecin malgré lui
La rivière à l'envers - Tomek
Le Journal d'Anne Frank
Le monde perdu
Le royaume de Kensuké
Un Sac De Billes
Baby-sitter blues
Le fantôme de maître Guillemin
Trois contes
Kamo, l'agence Babel
Le Garçon en pyjama rayé
Les Contemplations

Escadrille 80

Inconnu à cette adresse

La controverse de Valladolid

Les Vilains petits canards

Une partie de campagne

Cahier d'un retour au pays natal

Dora Bruder

L'Enfant et la rivière

Moderato Cantabile

Alice au pays des merveilles

Le faucon déniché

Une vie

Chronique des Indiens Guayaki

Je voudrais que quelqu'un m'attende quelque part

La nuit de Valognes

Œdipe

Disparition Programmée

Education européenne

L'auberge rouge

L'Illiade

Le voyage de Monsieur Perrichon

Lucrèce Borgia

Paul et Virginie

Ursule Mirouët

Discours sur les fondements de l'inégalité

L'adversaire

La petite Fadette

La prochaine fois

Le blé en herbe

Le Mystère de la Chambre Jaune

Les Hauts des Hurlevent

Les perses

Mondo et autres histoires

Vingt mille lieues sous les mers

99 francs

Arria Marcella

Chante Luna

Emile, ou de l'éducation
Histoires extraordinaires
L'homme invisible
La bibliothécaire
La cicatrice
La croix des pauvres
La fille du capitaine
Le Crime de l'Orient-Express
Le Faucon malté
Le hussard sur le toit
Le Livre dont vous êtes la victime
Les cinq écus de Bretagne
No pasarán, le jeu
Quand j'avais cinq ans je m'ai tué
Si tu veux être mon amie
Tristan et Iseult
Une bouteille dans la mer de Gaza
Cent ans de solitude
Contes à l'envers
Contes et nouvelles en vers
Dalva
Jean de Florette
L'homme qui voulait être heureux
L'île mystérieuse
La Dame aux camélias
La petite sirène
La planète des singes
La Religieuse

À propos de la collection

La série FichesdeLecture.com offre des contenus éducatifs aux étudiants et aux professeurs tels que : des résumés, des analyses littéraires, des questionnaires et des commentaires sur la littérature moderne et classique. Nos documents sont prévus comme des compléments à la lecture des oeuvres originales et aide les étudiants à comprendre la littérature.

Fondé en 2001, notre site FichesdeLectures.com s'est développé très rapidement et propose désormais plus de 2500 documents directement téléchargeables en ligne, devenant ainsi le premier site d'analyses littéraires en ligne de langue française.

FichesdeLecture est partenaire du Ministère de l'Education du Luxembourg depuis 2009.

Plus d'informations sur www.fichesdelecture.com

ISBN: 978-2-511-03011-0

Notes :